I schenk dia an Stean

KATHI KITZBICHLER

I schenk dia an Stean

Mit Fotografien von
Peter, Manfred und Kathi Kitzbichler,
Lisa und Christoph Edenstrasser
sowie Betty Klingler.

Edition Tirol

LAND
TIROL

Kitzbichler Kathi: I schenk dia an Stean
Kathi Kitzbichler. – Reith i. A.: Edition Tirol, 2020

ISBN-13 978-3-85361-243-9
1. Auflage 2020

Hersteller:
Verlag Edition Tirol • A-6235 Reith i. A. • St. Gertraudi 16

Inhaltsverzeichnis

Zum Advent . . . 9
An Stean . . . 11
Zu ins Menschn . . . 13
Dei Wegä . . . 15
Zum Jesukind hin . . . 17
Lied – Klöpfezeit is . . . 19
Wos ku ins de Weihnachtsgschicht leana? . . . 21
Winta . . . 23
Lied - I wünsch da zum Advent . . . 25
Schnee . . . 27
A bsunare Zeit . . . 29
Wonn is Weihnachtn? . . . 31
Da Stean . . . 33
Auf Weihnachtn hi . . . 35
Wieda is Advent . . . 37
Koit blost da Wind . . . 39
Da Maxi und da Nikolaus . . . 41
Des Weihnachtsgschenk vom voring Johr . . . 43
Zünd vier Kerzn u . . . 45
Vo Bethlehem bis Golgatha . . . 47
A Liacht söd di begleitn . . . 49
Koa Plotz . . . 51
I schenk dia an Stean . . . 53
Des Weihnachtsfest . . . 55
Des Liacht im Menschn . . . 57
Des Weihnachtsliacht söd fi oi Menschn scheina . . . 59
Gedonkn am Logafeia . . . 61
Gott griaß enk . . . 63
Des Wunda . . . 65
Keksdosn-Hoagascht . . . 67
Des Liacht vo dem Stean . . . 71
De Christbamvasommlung . . . 73

Wo is dei Plotz in da Krippn drin? 75
Weihnachtn, des Fest da Liab. 77
Da Weihnachtsspaziergong durchn Woid 79
Engl auf da Ean. 81
Des arme Christkindl 83
Des Lebkuchnhaus 85
De vier kloanen Kerzn. 87
Weihnachtn in da Kindazeit 91
Da Strohstean 93
Da Heilond 95
Wia a Kerzn sei 97
Da Weihnachtsfriedn 99
Fünf Weihnachtspaktl schenk i dia 101
Des Herbergsuachn – Herbergsspiel 103
Krippenspiel in Tiroler Mundart 110
De Weihnachtsfreid 115
Des söd dia des Christkindl bringa 117
So wia de Hirtn 119
Fi de Mama. 121
Da Weihnachtssegn 123
Um Weihnacht und Advent 125
Gedonkn zum Weihnachtsfriedn 127
Weihnachtszeit. 129
Vier Liachtln am Kronz 131
Weihnachtn hoaßt 133
A Liachtl söd brenna 135
Stean vo Bethlehem 137
Stille Nocht. 139
De Weihnachtskrippn 140
Schenk ins dei Liacht 143
Liabs Kind in da Krippn 145
I schenk da an Stean. 147
Gspirst du den Segn? 149
Weihnachtsbäckerei 151
Mei Weihnachtswunsch an enk 153

Wos ku des Kind ins heit nu song? 155
Weihnachtn gspian 157

Gedichte in Schriftsprache 159

Fröhliche Weihnacht 161
Stille Nacht, heilige Nacht! 163
Und Friede den Menschen auf Erden 165
Advent, die stille Zeit 169
Weihnachten in den 50er Jahren .170
Sternentanz 173
Das Lied „Stille Nacht!“ 175
Lied – Advent ist die Zeit 177
Ein Duft zieht durch das Haus 179
Tannenzweige 181
Weihrauchduft 183
Dort in der Krippe 185
Weihnachten, du stille Zeit! 187
Selige Nacht 189
Das Wunder der Weihnacht 191
Der Segen vom Christkind 193
Der Stern soll dich führen 195
Gebet 197
Heilige Nacht 199
Ein Jahr 201
Gute Wünsche fürs neue Jahr! 203

Die Autorin 205

Zum Advent

I wünsch da
zum Advent,
dass hell fi di
a Liachtl brennt.

Dass di umfong
und dass di wärmt,
dass ois zaschmilzt
wos di vahärmt.

Dass Liab und Freid,
dei Herz berian,
dass grodaus di
zur Krippn fian.

An Stean

An Stean fi de Liab,
den schenk i dia heit,
ea bring da im Oitog
vü Glück und vü Freid.

An Stean a fürn Friedn,
den schick i dia zua,
dea schenkt da des Woisei,
dea schenkt da de Rua.

An Stean zu dein Segn
fi oi deine Tog,
dass ea dia durchs Lebn
Begleita sei mog.

Zu ins Menschn

Adventzeit hoasst wartn
auf de Ankunft vom Hean,
ea kimmt zu ins Menschn,
mecht aufgnomma wean.

Ea suacht bei ins Herberg
im Fremdn, im Kind,
im Krankn, im Oitn,
dass a Aufnohme find.

Ea bsuacht ins im Oitog,
bekimmt ins oi Tog,
in Menschn de arm send,
de Miah hom und Plog.

In Menschn de ausgrenzt,
benochteiligt send,
bekimmb ins da Heilond
iaz im Advent.

Dei Wegä

A Stean söd dia leichtn,
grod donn, wennstn brauchst,
wenns düsta dia is,
du in Dunkeheit tauchst.

A Stean söd dia leichtn,
damit ea di fiascht,
dass du nia dei Wegä,
durchs Lebn valiascht.

Zum Jesukind hin

Wenn jeda den Ondan
wertschätzn kunnt,
und jeda dem Ondan
des Glück vagunnt,

donn war ma do uglongt,
wo ma sei söin,
donn war ma genauso,
wia ma sei söin.

Donn weads fi ins Weihnacht
im Herzn tiaf drin,
mia finden gemeinsam
zum Jesukind hin.

Klöpfezeit is

T: Kathi Kitzbichler
M: Christoph Mühlthaler
November 2004

Wos ku ins de Weihnachtsgschicht leana?

Von da Maria ku ma Demuat leana,
de Demuat vo dem Lebn,
des Jo song zu dem Vorbestimmtn,
de Bereitschaft, ois zu gebn.

Vom Josef ku ma `s Storksei leana,
a wenn's an Plan umschmeisst,
des Storksei und de Zuavasicht,
de ins zum Guatn weist.

Vo d' Leit in Bethlehem, do ku ma leana,
dass ma de Tür auftuat,
wenn's klopft und eppa Hüf braucht,
donn semma eana guat.

Vo d' Hirtn ku ma 's Hoffn leana,
des Suachn nochn Stean,
des unbedingte Urvatraun,
söd ins zum Motto wean.

Vo d' Engl ku ma 's Jubln leana,
des Mitgfrein und de Liab,
de himmlisch übam Kindl schwebt,
sie sei durch nix betriab.

Vo d' König ku ma 's Kniabeing leana,
des Kloawean vor dem Kind,
de Sehnsucht noch Erlösung,
dass ma zum Züh hi find.

Winta

Weiße Flockn tonzn fei auf d' Ean,
dass Berg und Gipfe zuadeckt wean.
See und Bachä gfrian iaz zua,
ois schlaft in deara stadn Wintarua.

Kniatiaf lieg da Schnee im Woid,
da Wind pfeift frostig koit.
Iaz dunkts ins in da Stum drin fei,
mia kentn insan Ofn ei.

De Buachnscheitl krochn laut,
des is so hoamelig, vatraut.
Wia fei is iaz de Gluat im Heascht,
wenn's wieda koit und frostig weascht.

I wünsch da zum Advent

Text: Kathi Kitzbichler
Melodie und Satz: Christoph Mühlthaler

Schnee

Heit fria wor d' Natur
a schneeweißa Tram,
mit Zuckaglasur
auf Sträucha und Bam.

Mit klöpplte Spitzn,
mit Schleia fei gstickt
hot da Winta sein Gruaß
auf de Ean ocha gschickt.

Den Woid siecht ma glitzan
in da Sunn wia Kristoi,
ois is gonz vazaubascht
übanocht, aufoamoi.

De Kinda, de gfrein si
und rutschn im Schnee,
baun Burgn und Mandl,
des dunkt sie so sche.

A bsunare Zeit

Es is a Glitzan,
a Leichtn,
a Hoffn,
a bsunare Zeit.

Es is a Liachtstroi,
a Rauschn,
a Knistan,
a Hoamlichkeit.

Es is a Freid,
is a Wortn,
a Schenkn,
de Weihnachtszeit.

Wonn is Weihnachtn?

Wenn ma an
Friedn vabreitn,
net foisch sen,
net zankn und streitn.

Wenn ma de
Fehla vazeichn,
ins de Händ
wieda reichn.

Wenn ins des
Jesukind beriascht
und des Heaschz
zur Krippn fiascht.

Wenn ma sich söwa
im Nachstn erkennt,
weil ins koa Grenzn,
koa Fremdsei net trennt.

Da Stean

Da Stean söd dia leichtn
wennst Traurigkeit gspiascht,
dass sei Liacht in di eidringt
und dei Seele beriascht.

Da Stean söd dia leichtn
wennst's Wegä valiascht,
dass ea di donn lenkt,
dass ea di donn fiascht.

Da Stean söd dia leichtn
wenns Glück dia net lacht,
ea söd di begleitn
bei Tog und bei Nacht.

Auf Weihnacht hi

I wünsch da iaz auf Weihnacht hi
a glückerfüllte Zeit,
de Ruah und de Beschaulichkeit,
Begegnungen mit liabe Leit.

I wünsch da iaz auf Weihnacht hi
a sorgnlose Zeit,
i wünsch da a de Zfriednheit,
im Heaschz a tiafe Freid.

I wünsch da iaz auf Weihnacht hi,
den Glonz vom Weihnachtsstean,
dass deine Tog und Stundn
gonz klor und liachtvoi wean.

Wieda is Advent

Wieda is Advent,
wo aufn Kronz a Liachtl brennt.
Mia bsinnan ins in deara Zeit
und mochn ins aufs Fest bereit.

Mia mechtn oi an Friedn schliassn,
mit Freid und froh des Kind begriassn.
Drum semma heit oisond heakemma,
um ins an Seng vom Kind mitznemma.

Oi Johr wieda um de Zeit,
moch ma ins jo gean bereit,
zum Bsinna und zum Schenkn,
für Zeit, ans Guate z'denkn.

Mia schaun vio Zuavasicht ins Morgn,
leng in dei Hond oi insre Sorgn.
Du bists do om, dea lenkt und mocht,
dea ins behiat, dea ins bewocht.

Koit blost da Wind

De Schneeflockn tonzn,
sie wirbln im Wind,
de Weg send vawaht,
sen zuadeckt gonz lind.

De Schneeflockn tonzn
und koit blost da Wind,
da Winta is do,
iaz gfreit sie jeds Kind.

De Schneeflockn tonzn
vom Bergwoid dahea,
boid siecht ma koa Steigä,
koan Zaunsteckn mea.

A schneeweißa Schleia
deckt Woid und Föd zua,
und drunta lieng d' Häusa
in herrlicha Rua.

Da Maxi und da Nikolaus

Da dreijahrig Maxi is gsund und fidö,
is aufgweckt und munta, im Köpfä echt hö.
Doch eppas, des mog a partout nu net toa,
de Mama, sie moanat, er war nimma zkloa.

Zum Topfä geh wars hoit fi eam höchste Zeit,
sist is ea jo a so cleva und gscheit.
Ea sitzt net aufs Kachä dea Bazi dea kola,
ea sogts net, wenns Zeit war, des mog a net toa.

De Mama kafft Windln und Pampers oi Tog,
krot weil dea kloa Striezi net Topfä geh mog.
Des is net zum Lachn, dea Bua is so stur,
vo Bessarung gibt's nu koa Aussicht, koa Spur.

Iaz denkt sich de Mama des ku net so bleim,
wia kunnt ma dem Buam woi dia Tanz ausdatreim?
Da Nikolaus kimmt boid, dea kunnt eam des song,
dea kunnt aus sein Buach eam de Schandtat vitrong.

So is wirklich gschechn, dea heilige Monn,
dea liest aus sein Buach de Topfägschicht donn.
„Maxl, du musst schon aufs Topferl brav gehn,
und das jeden Tag, sonst könnt es geschehn,
dass ich dir heut leider kein Geschenk geben kann,
drum geh künftig Topferl, versprichs, kleiner Mann."
„Wos kriagat i denn, wos lassatst denn spritzn,
wenn i ob iaz wirklich aufs Topfä tat sitzn?"

Der Nikolaus sogt laut: „Einen Traktor, einen tollen,
mit Hänger dazu auf riesigen Rollen."
Iaz lacht des kloa Biawä, „den brauch i gornet,
an Traktor mit Hänga kriag i scho vom Göd!"

Des Weihnachtsgschenk vom voring Johr

Zu Weihnachtn letzts Johr
hot mei Nochbarin sogor
vo ihra Tochta, von da Ines,
a Tablet kriag, a gonz a schenes.

Da Tochta taugt des a net minda,
iaz ku sie Fotos schickn vo de Kinda.
Auf WhatsApp ku sie Büda schickn,
de Mama kus donn wischn oda klickn.

De gonze Wochn tuat sich nix,
de Mama meld sich net, zefix.
Eppas ku do net gonz stimma,
de Mama kontaktiascht sie nimma.

De Tochta ruaft am Festnetz u,
weil do wos net gonz stimma ku.
Wia gehts da denn min Tablet Mama,
tuast jo koa Nochricht und koa Büd vasamma.

Do sogt de Mama, jo des Brett vo dia,
des nimm i hea, und wia.
Auf dem Brettl, auf dem nein,
do ku ma so guat Zwiefe schnein.

A Schnitzl klopfn tua i drauf,
und frischn Schnittlauch schneid i auf.
Des Brett is praktisch, des is fei,
doch iaz kus net im Einsatz sei.

Gonz pickig wors und dreckig,
a wenk zakrotzt und speckig.
Drum is iaz gonz zu untast drin
in meina Gschrirrospiamaschin!

Zünd vier Kerzn u

De easchte brennt fürn Friedn,
dass Hoss und Streit vergeh'n,
dass Menschn oia Lända
fest zuaanonda steh'n.

De zwoate brennt für d' Hoffnung,
für d' Hoffnung in da Zeit,
dass Menschn net verzweifen
in ihra Traurigkeit.

De dritte brennt für d' Liab,
dass sie umfasst de Wöt,
dass Menschn iaz begreifn,
dass sie alloa nur zöht.

De vierte brennt für d' Menschn,
de kronk und hüflos send,
sodass sie iaz erfohren
den Segn vo dem Kind.

Vier Kerzen soin iaz brenna,
dass Dunkeheit vageht,
dass oiwei nur das Guate
üba da Erdn steht.

Vo Bethlehem bis Golgatha

Maria, Gottesmuatta,
dei Weg wor hort und long,
vo Bethlehem bis Golgatha,
des wor a schwara Gong.

Maria, Gottesmuatta,
dei Lebn wor Not und Schmerz,
mit Leid und Todesängste,
wor voi dei Muattaherz.

Maria, Gottesmuatta,
host ois mit vü Geduld,
mit Liab und gonz erhabn,
ertrong, in deina Huld.

Maria, Gottesmuatta,
steh ins im Leidn bei,
du kust ins durch dei Wirkn
a wohres Vorbüd sei!

A Liacht söd di begleitn

A Liacht
söd di begleitn,
in triabn und in
dunkln Zeitn.

A Liacht
söd di durchdringa,
dia Zuavasicht
und Hoffnung bringa.

A Liacht
sei dia zur Seitn,
auf deine Weg
durch schware Zeitn.

Koa Plotz

Weil nirgends a Bett und
a Plotz fi sie wor,
fi Maria und Josef
vor 2000 Johr,

sends glandet im Stoi
auf Hei und auf Stroh,
i glab hoit, de Leitln
gangs heit nu aso.

A Frau, scho hochschwonga,
de mocht jo grod Gschea,
warum kemmans a
so spat nu dahea?

Ma mecht doch sei Rua hom
so spat in da Zeit,
's hot koana Erbarmen
mit söchare Leit.

I glab, es war heitz'tog
wia domois genau,
wea nahms eppa auf,
den Monn und de Frau?

I schenk dia an Stean

I schenk dia an Stean,
dea dia oiwei leicht,
dass sei Liacht di bestroit
und dei Seele erreicht.

I schenk dia an Stean,
dass d' koa Dunkeheit gspiast,
in dein Lebn de Liab
und de Freid nia valiast.

Des Weihnachtsfest

Wos bedeit ins des Fest
in da heitign Zeit,
wo ois nur noch Woistond
und Freizeitspaß schreit?

Wos bedeit ins des Fest
in da heitign Zeit,
sen mia nu zum Stadwean,
zum Bsinna bereit?

Wos bedeit ins des Fest
in da heitign Zeit,
mochn mia insa Herz
fi Bedürftige weit?

Des Fest söd ins hi fian
zu an christlichn Lebn,
dass mia a de Schwochn
a Hoamatgfüh gebn.

Des Fest söd ins zoang,
net jeda hots guat,
vü brauchn an Zuaspruch,
de Hüf und an Muat.

Drum schaung ma iaz hi
auf de Not in da Zeit,
und semma zum Helfn,
zum Guatsei bereit.

Des Liacht im Menschn

Wo Liacht im Menschn is,
do leichts vo Innen hea,
do taut des Eis in d' Herzn auf,
es friascht ins nimmamea.

Wo Liacht im Menschn is,
do gibt's koan Hass, koan Streit,
do gibt's koan Neid, koa Foischheit mea,
do gibt's nur Liab und Freid.

Wo Liacht im Menschn is,
tiaf in da Seele drin,
do is de wahre Menschlichkeit,
dohi geht insa Sinn.

Wo Liacht im Menschn is,
do stroits auf ondre aus,
bring Guatsei und de Liab
und Friedn in jeds Haus.

Des Weihnachtsliacht söd fi oi Menschn scheina

A Weihnachtsliacht fi de,
de net in Friedn lebn,
dass ihre Händ sie endlich hi
iaz zur Vasöhnung hebn.

A Weihnachtsliacht fi de,
de wötweit flüchtig send,
dass gonz vü Hüf erhoitn
und beherzte Händ.

A Weihnachtsliacht fi de,
de gorkoa Hoam mea kennan,
dass sie a Platzl findn,
des sie ia Hoamat nennan.

A Weihnachtsliacht fi de,
de Kronke pflegn,
dass sie vü Kraft vaschenkn
und gonz vü Trost und Segn.

A Weihnachtsliacht fi de,
de schware Lastn trong,
dass sie net zombrechn
und reichlich Hüf dafrong.

A Weihnachtsliacht fi oi,
de in Bedrängnis lebn,
des Weihnachtsliacht söd eana
vü Muat und Hoffnung gebn.

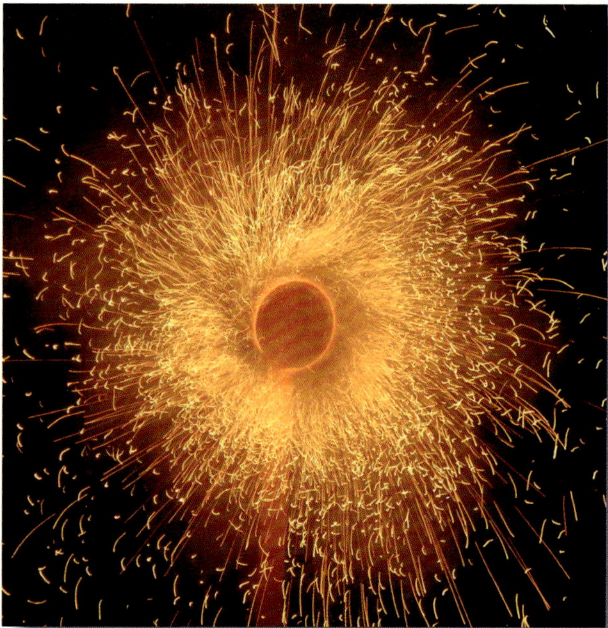

Gedonkn am Logafeia

Heast du, wia de Flommen knistan,
wias Feia brennt und braust,
wia da Wind durch Woid und Föd,
üba Toi und Berg hisaust?

Gspirst du, wia de Flommen warman,
'S is wohlig, gmiatlich, fei,
des Liacht, de Gluat, des Funken
warmt di in deina Seele ei.

Siechst du, wia de Funkn fliagn,
wia Energie und Kraft vasprüht,
sodass ma sich beflügIt,
befreit und schwarlos füht.

Riachst du, wia da Gruch vom Feia,
a angenehmes Liftal ziacht,
im Schei vom Logafeia,
im dumpan, warmen Liacht.

Siechst du, wia des Feia lodascht,
wias beständig krocht und zuckt,
es scheint krot so, as wenns
de Sorng vom Oitog schluckt.

Gspirst iaz, wia du zur Rua kimmst,
es tuat so woi und guat,
es hot scho gonz wos Bsunas,
des Feia und de Gluat!

Gott griaß enk

Mia kemman heit zu enk hea,
ois arme Hiatasleit,
und pfleng des schene Brauchtum
in deara stadn Zeit.

Mia stapfn durch des Dörfl
mit Steckn und Latean,
und lossn enk de Liada
vom Weihnachtswunda hean.

So stade, feine Liada,
vom Kindl in dem Stoi,
vom Wartn und vom Hoffn,
vom Liachtschei übaroi.

Mia wünschn enk fi Weihnacht
a wundaschene Zeit,
vor oim a guate Gsundheit,
an Friedn und de Freid!

Des Wunda

Wos sog ins des Wunda
in da heitign Zeit?
Semma zum Guatsei
und Helfn bereit.

Wos sog ins des Wunda
in Bethlehems Stoi?
Hoit ma an Friedn,
oizeit, iwaroi.

Wos sog ins des Wunda
in da heilign Nocht?
De Liab is vü stärka
wia Reichtum und Mocht!

Keksdosn-Hoagascht

Na wos ois gib, ma tats net glam,
i hu zeascht gmoat, dass i des tram.
Drum bin i iaz nu gonz perplex,
bei ins dahoam do redn de Keks!

Im hoamlichn Advent,
is ma monches Wunda gwehnt.
So find hoit doscht und do wos stott,
fi des ma koa Erklärung hot.

Wenns ös net glabts, donn kemmts as Losn,
wos sich in so a blechan Dosn,
ois ospüht untam Decke,
dia Keks, des send da soiche Secke.

De Lebkuchn, de gem groß u,
sie kemman jo ois Easchtes dru.
Mia sen de Bestn und so sche,
do kennts ös oi net zuachasteh.

Do schimpft da Zimtstean, gib net u,
weil i vü meara Gschmoch drin hu.
Du mit dein Toag, dem hortn,
do muass ma monatlong drauf wortn,

bis du eascht woach weascht, is Neijohr,
bis doscht sen mia jo längst scho gor.
Und außadem, mia send de Stean,
ins meng de Leit gonz narrisch gean.

A geh, büts enk net sovü ei,
mischt si des Kipfal gschaftig drei.
Den guatn, fein Vanillegschmoch,
mocht ins vo enk do koana noch.

Mia sen de Favoritn,
do weascht net länga gstrittn.
De Favoritn mechts ös sei,
mischt si des Anisbussal ei.

Do kriag i owa iaz a Wuat,
mia Bussal sen so sche und guat,
dass ins de Leit ois easchts zomessn,
wia seids ös oisond so vamessn.

A Bussal is des höchste Gfüh,
es gibt koan Menschn, dea koa Bussal wü.
Drum weascht net länga gstrittn,
mia sen de Favoritn.

De Linza Aung wean iazat gscheit,
a so a widalicha Streit.
Mia sen vo oisond Keks de Bestn,
de Schenstn und de Größtn.

Iaz kimmb da Spanisch Wind,
und kontascht, owa gschwind.
Enk Linza homs scho d' vorig Wochn,
am Nudlbrett de Aung ausgstochn.

Ös blindn Henna, seids decht stad,
mit enkan patzing Marmalad.
Da Spanisch Wind schmeckt zart und fei,
nur mia wean d' Favoritn sei.

Des war nu schena, heascht ma laut,
wos si dea Windbeitl ois traut.
A so a windigs Zeig is nix,
des fressn net amoi de Fix,

sog des Voiwertkipfal gscheit,
i bi modern, geh mit da Zeit.
Bi gsund und wertvoi wia sist koana,
ös seids oi schlecht, brauchts gornet moana.

Na so a Protz, dea Voiwertkipfe,
des is jo woi da Gipfe.
Wertvoi mechts ös sei und gsund,
enk frisst oi Johr zletzt nur da Hund.

Sog iaz da Witwenkuss nu drauf,
sei stad, geig net so auf.
Do moant da Kipf, toats net vagessn,
enk Witwen mog decht koana essn.

Enk hot de Hausfrau nu am End,
des werte Hintateil vabrennt.
Do lach i jo krot driwa,
ös Trangena bleibts oi Johr iwa.

Iaz wean de Hausfreind owa zritt,
wos ös do sogts, des is a Schitt.
So gemein derfts doch net sei,
wirft iaz de Woinusseggn ei.

Iaz möd't si nu wea aus da Dosn,
heaschts oisond zua, toats amoi losn,
Non plus ultra hoaßn mia,
do steht jo scho da Nom dafia,

Nu bessa ku koa Keks net sei,
des steht scho fest, des sog enk fei.
Dass i net lach, ös Gschaftlhuawa,
kemmts oisond amoi zuawa.

Sog iaz da woache Eisschoglad,
de Neidarei, de is mia z'fad.
Mia sen oi handgmocht, sche und rar,
und jeda is a wertvois Exemplar.

A jeda is a Unikat,
drum seids min Streitn iazat stad.
Seids froh, dass d' Hausfraun ins nu mochn,
und stundnlong glasian und bochn.

Jo do host recht, jo sapralot,
song d' Spitzbuam und des Bischofsbrot.
Do nickt dazua da Witwenkuss,
da Zimtstean, d' Spekulatius.

Da Lebkuchn, s'Vanillekipfal,
de Windbeitl und s'Voiwertkipfal.
De Woinusseggn stimman zua,
de Non plus ultra gem a Ruah.

De Aniskeks und d' Linzaaung,
gonz dumm aus ihra Dosn schaung.
Wenn ins de Hausfraun nimma mochn,
donn hom mia Keks nix mea zum Lochn.

Des ku net sei, ge mochts koan Witz,
sog iaz drauf nu da Mandlspitz.
A Weihnachtsfest, und koana Keks,
do warn de Mandaleit perplex!

Des Liacht vo dem Stean

Des Liacht vo dem Stean
in da heilign Nocht,
hot ins auf de Wöt
an Erlösa heabrocht.

Des Liacht vo dem Stean
hot gleicht üban Stoi,
es weist ins de Richtung,
an Weg fi ins oi.

Des Liacht vo dem Stean
vor 2000 Johr,
is fi ins da Hinweis
und zoag ins gonz klor,

mia miassn den Weg geh,
dea ins is bestimmt,
a Weg voia Hoffnung,
woaß koana, wos kimmt.

A Weg oft voi Leidn,
a Weg oft voi Freid,
trog jeda sei Bingä
in da heitign Zeit.

Drum brauch ma den Segn
vom Jesus im Stoi,
ea fiascht ins, ea trog ins,
is gorübaroi.

De Christbamvasommlung

In da Nocht, wenn oi Leit schlofn,
do schleichn sich de Christbam aus,
sie valossn ihre Platzln,
gehn hoamlich ausn Haus.

Donn treffn sie sich oisond,
am großn Plotz im Woid,
vazöhn sich untranonda,
wos eana passt und gfoit.

Oa Christbam jammascht furchtbor,
wos ea mitmocht oi Tog,
dass ea des nimma aushoit
und nimma doscht sei mog.

Sie singan Weihnachtsliada,
gonz schrecklich foisch und laut,
dass eam de greanen Nodln
vod' Astl ochahaut.

Donn singan sie o Tannenbaum,
wie grün sind deine Blätta,
und i denk ma gonz traurig,
im Woid wars iaz vü netta.

A ondra Bam beklogt sich,
bei mia is nu vü schlimma,
bei mia toan junge Katzl,
auf d' Zweigä aufiklimma.

Donn spühn sie mit de Kugln,
springan so wüd dahi,
dass i am heiling Abnd,
sogor scho umgfoin bi.

Doch oa Bam hot wos Gspassigs,
bei sich dahoam dalebt,
ea muass nu driwa lochn,
dass grod sei Gwandl bebt.

Bei mia is oi Tog lustig,
bei mia, do miassats sei,
do trinkn meine Leitln,
oi Tog a Flaschä Wei.

Do is donn oamoi gwesn,
es wor scho Mittanocht,
do hot mi donn da Hausherr,
gonz wüd zum Lochn brocht.

Weil mit sein leichtn Suri,
is ea am Bodn gsitzt,
und hot zu meine Kerzn
mit d' Äugal aufablitzt.

Donn sogt a gonz begeistascht,
mei sen de Stean heit sche,
sogor da Mond tuat flockan,
de Nocht is wundasche.

I wor fi eam da Himme,
da Himme voia Stean,
na soiche Komplimente
dia hätt a jeda gean.

Wo is dei Plotz in da Krippn drin?

Bist so wia d' Maria,
so stork und voi Muat,
voi Demuat und gläubig,
ohne Furcht und so guat?

Bist so wia da Josef,
voi Hoffnung und Liab,
beschützend und hüfreich,
dass neamd is betriabt?

Bist so wia de Hirtn,
voi Schneid und Vatraun,
gehst hi zu dem Stoi,
des Kindl zu schaun?

Bist so wia de Engl,
voi Jubl und Freid,
voi Lobpreis und Singa,
und Friedfertigkeit?

Bist so wia de König,
weascht demiatig, kloan,
kniast nieda vorm Kindl,
wias de Weisn a toan?

Wo is dei Plotz in da Krippn drin,
wos fiascht di iaz zum Jesukind hin?

Weihnachtn, des Fest da Liab

Des Fest da Liab,
des Fest vom Friedn,
des sei da gonzn
Wöt beschiedn.

Des Fest da Liab
sei ins zum Segn,
es sei ins Schutz
auf insan Wegn.

Des Fest da Liab
söd ins begleitn,
durch insa Lebn,
durch alle Zeitn.

Da Weihnachtsspaziergong durchn Woid

Des Glitzan und Leichtn,
dea goidane Glonz,
dea Gong durchn Woid
im Schneeflockntonz,

dea is hoit so herrlich,
dea is hoit so sche,
do ku ma so weit
und so unbeschwert geh.

Schneeweiß is de Londschoft,
im Liacht stehn de Bam,
es is wia im Märchen,
es is wia im Tram.

Engl auf da Ean

Net jeda Engl hot zwoa Flügl,
net jeda hot an goidan Stean,
net jeda hot a weißes Gwond,
net jedn ku ma rauschn hean.

Dia Engl, dia i moa,
sen gonz normale Leit,
sie bringan Wärm und Liacht
in insa dunkle Zeit.

Dia Engl unta ins,
dia hot a jeda gean,
dia höfn wos grod Not tuat,
im Oitog, auf da Ean.

Dia Engl hom Geduid und Liab,
song nia: „I hu koa Zeit!“
Sen oiwei, wenn sie eppa braucht
glei do und hüfsbereit.

I wünsch enk dia Engl,
dass sie enk begleitn,
durch Dick und Dünn, durchs gonze Lebn,
oi Tog, durch alle Zeitn!

Des arme Christkindl

Da Maxl is a Lausbua,
so wias net bessa geht,
ea is a wohra Schlingl,
grod wias im Buach drin steht.

So is a wirklich gschechn,
wias in dea Gschicht is gschriem,
dea wüde Lausbuamstroach
is im Gedächtnis bliem.

Ea schreibt den gleichn Briaf
seit zwoa und drei , vier Johr,
ans Christkind adressiascht,
sei Wunsch weascht doch nia wohr.

Ea wünschat sich an Rolla,
an gonz an teian gor,
mit Chrom und Glonz, echt nowe,
und hofft und hofft jeds Johr,

dass Christkind eam den schenkat
und untan Christbam legt,
es muss sein Wunsch erfülln,
den ea so long scho hegt.

Warum des kloane Christkind
sein Wunsch gornet beacht,
zum Schluss erfüllts'n wieda net
in deara heiling Nacht.

Drum schleicht a sich iaz in de Kirch,
klommhoamlich, gonz alloa,
nimmt Josef und Maria,
und pockt sie ei oi zwoa.

Vasteckt sie in sein Kastn,
dahoam im Zimma drin,
und schreibt im Briaf ans Christkind,
dia Zeiln aufs Blattl hin.

I wünsch ma scho seit Johrn
den Rolla, woaßt es eh,
und wennst'n heia mia net bringst,
possiascht wos, ohne Schmäh.

Donn siechst du deine Ötan
gonz sicha niamois mea,
drum sei net länga zwieda
und gib den Rolla hea!

Des Lebkuchnhaus

De Begebnheit wor scho vor guateng fuchzg Johr,
wia i schwarvaliabt und bluatjung nu wor.
I hus nu nia aufgschriem, drum is an da Zeit,
dass i enk vazöh, wos wor seinazeit.

I mecht enks glei song, de Gschicht vo dem Haus,
is recht kompliziascht und geht net guat aus.
In meina Valiabtheit du huni hoit denkt,
wia ma z'Weihnachtn woi sei Schatzl beschenkt.

Do huni ma eibüt, a Lebkuchnhaus,
war gonz a liabs Gschenk, do moch i wos draus.
Des beste Rezept nur ku guatgnuag do sei,
mit Honig und Nelkn und Woinussn drei.

So huni glei ugfong mit dea Bocharei,
hu an Toag guat vaknetn und ausgstochn glei.
Des Doch und de Mauan, oi Teile dazua,
drei Bam nu zum Histön, gorois fi mein Bua.

Des Heisä is sche worn, des ku i enk song,
wenn ma eppas mit Liab mocht, do tuat ma si plong.
Mit Zuggaglosur, mit Schneeheibä drauf,
mit forbige Schindln am Doch nu omauf.

Mit Kamin aufn Dachä, mit Fenstaladln dru,
oin Luxus fis Heisä, gorois wos ma ku.
Na so a schens Heisä, es wor schier a Procht,
donn hunis in d' Speis gstöt, daweil, üba Nocht.

Iaz kimmb boid mei Liabsta,
mei dea weascht heit schaung,
des herrliche Kunstwerk, mei do mocht a Aung.
Na des weascht a Festtog mit so an Geschenk,
do ku ma scho trumpfn, mei des sog i enk.

Iaz kimmb glei mei Freind, i bi scho gonz weck,
i hoi mei schens Heisä aus da Speis im Vasteck.
I war iaz boid umgfoin, so bin i daschrockn,
und i hu scho glabt, mi hauts vo de Sockn.

Vom Heisä huni grod nu de Grundmauan gsechn,
ois Ondre wor gfressn, wos is denn grod gschechn?
D'Ruinen vom Heisä huni mein Liabstn iaz brocht,
ea wor gonz entteischt und mi hots vaschmocht.

Es wor hoit de Muizi, des scheheilig Katzl,
sie hot 's Heisä gfressn, na is des a Fratzl.
Iaz sog i vazweifet zum mein heaschzlibastn Schotz,
fi di wor des Heisä, iaz is ois fi de Kotz!

De vier kloanen Kerzn

De vier kloanen Kerzn
aufn Kronz im Advent,
hom gflockascht gonz hell,
hom wundasche brennt.

Auf oamoi is stad,
de Kerzn toan redn,
sie klong eana Leid,
und des beriascht jedn.

De easchte hot gseufzt,
i brenn fürn Friedn,
doch bin i de Menschn
auf da Wöt net beschiedn.

Drum muass i valöschn,
drum wea i iaz gor,
i ku nimma brenna
so hell und so klor.

De zwoate, de jammascht,
i brenn fürn Glam,
de Menschn glam nix mea,
vielleicht nu im Tram.

Drum hu i koa Luft mea,
mei Flamm is eiknickt,
i ku nimma schnaufn,
mei Liacht is dastickt.

De dritte klogt lauthois,
i brenn fi de Liab,
mei Flomm is erloschn,
des mocht mi betriab.

De Liab in da Wöt,
de is nimma do,
’s gibt z’vü Egoistn,
drum lösch i iaz o.

Do kimmb a kloans Diandl,
betrocht de kloan Kerzn,
es is gonz vawundascht
und traurig im Herzn.

De vierte vod’ Kerzn,
de brennt jo nu sche,
ia Liacht brennt für d’ Hoffnung,
de derf net vageh.

Solong i nu brenn
ku gornix possian,
sog sie zu dem Diandl,
nur an Muat net valian.

Mia zündn de ondan
drei Kerzn iaz u,
weil i gonz vü Kroft
und Zuavasicht hu.

Weils vü Menschn gibt,
de rechtschaffn lebn,
de herzlich und guat sen,
de Hüf und Freid gebn.

Zint u de drei Kerzn
do liegt ma vü dru,
weil ohne sie koana
je glücklich sei ku.

De Liab und da Friedn,
de Hoffnung, da Glam,
dia mochn ins Menschn
so stork wia a Bam!

Weihnachtn in da Kindazeit

I wünsch da fi des heirig Johr,
a Fest, wias in da Kindheit wor.
An Christbam mit vü Apfä dru,
dass jeda sich dru labn ku.

I wünsch da fi des heirig Johr,
a Fest, wias in da Kindheit wor.
A Krippä mitn Kindl drei,
und lauta Keksl, guat und fei.

I wünsch da fi des heirig Johr,
a Fest, wias in da Kindheit wor.
Bescheidn, oba gonz vü Zeit
zum Zomsitzn mit deine Leit.

Da Strohstean

Aus Stroh des kloa Steandl
is oafoch und schlicht,
losts oisond guat zua,
es vazöht ins a Gschicht.

I bin ausn Krippä
wo's Jesukind schlaft,
i gib gonz vü Wärme
und gib gonz vü Kroft.

Bin gwochsn im Föd
und kimm aus da Ean,
i ku fi enk Menschn
gonz nützlich nu wean.

I bin a Symbol
fi Schlichtheit und ois,
wos kloa is und oafoch
und sche ebnfois.

Oa Strohhoim is winzig,
valossn und kloa,
ku net vü bewirkn
oa Strohhoim alloa.

Vü Hoime gemeinsom,
vabundn zum Stean,
dia kinan ins oisond
zum Wegweisa wean.

So is a bei d' Menschn,
gemeinsom geht vü,
wenn jeda wos Guats tuat
und mithöfn wü.

Wenn jeda sein Strohhoim
zum Krippä hi bringt,
ku sei das wos Großes,
a Wunda gelingt.

Drum geht's oi zum Krippä,
legts hin enkan Hoim,
dea warmt insa Kindl
und gibt donn ins oin,

an Hoit und an Sinn
fi oi Tog, fi oizeit,
weil da Seng vo dem Strohhoim
ins durchs Lebn begleit.

Da Heilond

Da Heilond is kemma
zu ins auf de Ean,
dass ma oisonde guat
und friedfertig wean.

Da Heilond is kemma
in da heilign Nocht,
ea hot ins des Heil,
den Erlösa heabrocht.

Da Heilond is kemma
ois gonz kloanes Kindl,
bescheidn und arm,
in a linnenen Windl.

Übam Stoi is a gstondn
da hellliachte Stean,
ea söd ins zum Segn,
zum Wegweisa wean.

Wia a Kerzn sei

I bin a Kerzn
und derf brenna,
i ku mi desweng
glücklich nenna.

Des is mei Aufgob
und mei Sinn,
dass i enk Liacht
und Wärme bin.

Natürlich muass i
mi vazehrn,
i wea kürza,
anstatt mi zu vamehrn.

Wos war wenn i
net brenna tat?
I tat vakümman,
und vasauan stad.

Wenn i mi hingib
wea i gor,
i brenn gonz nieda,
des is klor.

So is a bei ins,
nur wenn ma wos gebn,
erfüllt sich da Sinn,
de Aufgob im Leben.

Des is net vagebns,
des bring ins vü Gnod,
weil des Lebn sich damit
mit Sinn erfüllt hot.

Vaschenk ma wos geht,
semma guat mit de Leit,
vaschenk ma an Friedn,
vaschenk ma a Zeit.

Je mea ma a Liacht sen,
grod so wia a Kerzn,
je hella weads a
in insare Herzn.

Da Weihnachtsfriedn

Ea söd di begleitn,
ea söd di durchdringa,
ea söd dia de Freid und de
Z'friednheit bringa.

Ea söd di begleitn
wenns schwar is fi di,
donn nimmt a dei Hond
und fiascht de Regie.

Ea sei in dein Herz,
in da Seele tiaf drin,
weil Friedn im Herzn
is wia Medizin.

Fünf Weihnachtspaktl schenk i dia

Oans mit Freid
und Frohsinn gfüllt,
dass sich dei Wunsch
noch Glück erfüllt.

Oans mit vü
Gelassnheit,
mit Rua und vü
Behaglichkeit.

Oans mit Zeit
unendlich vü,
vo Longsomkeit
des schene Gfüh.

Oans mit vü
Geborgnheit,
mit Liab und
mit Zufriednheit.

Oans mit Kroft
und Zuavasicht,
schenk i dia heit
mit dem Gedicht!

Des Herbergsuachn

Herbergsspiel für elf Personen:
Maria • Josef • 1. Wirt • 1. Wirtin • 2. Wirt • 2. Wirtin
3. Wirt • 3. Wirtin • Vetter • Base • Sprecher

(Maria und Josef ziehen von hinten in die Kirche oder in den Saal ein. Sie gehen sehr langsam und bleiben schließlich stehen)

Maria: *(Sagt zu Josef)*
Na endlich, mei Josef,
iaz semma glei do,
es is jo gonz dunke
und miad bin i scho.

Josef: *(Nimmt Maria bei der Hand)*
Maria, kimm zuacha,
geh weida, geh schnö,
in Bethlehem sen iaz
de Häusa nu hö.

Maria: *(Deutet auf ein großes Gasthaus)*
Schau Josef, do entn,
do brennt a Latean,
des is a Hotö gor,
mit fünf goidne Stean!

Josef: *(Geht mit Maria Hand in Hand zum Hotel hin)*
Do gemma glei ummi
und frong um a Zimma,
du bist scho gonz fertig,
dagehst es jo nimma.

Maria: (Legt die Hand auf ihren Bauch)
Mei Josef, des Kindl,
des is hoit recht schwar,
mia kammat boid fi,
dass de Zeit kemmma war.

Josef: *(Legt den Arm um Marias Schultern)*
laz klopf ma beim Fensta,
do brennt eh nu 's Liacht,
Maria, kimm zuacha,
damit ma ins siacht.

(Josef klopft heftig an das Fenster)

1. Wirt: *(Tritt im Nachtgewand vor die Tür, dahinter steht seine Frau)*
Wea klopft denn so damisch,
wea is denn des nu,
es is do scho dunke,
hu d' Nochtpfoad scho u.

Maria: *(Fleht)*
Maria und Josef
vo Nazareth untn,
mia mechtn enk frong,
ob ma Herberg kriang kunntn?

Josef: *(Bittend)*
Mia hom hoit koan Kreiza,
sen oafoche Leit,
wenns oa Nocht ins aufnemmts,
donn mochts ins a Freid.

1. Wirt: *(Tritt vor, seine Frau ebenfalls)*
Na, na, liabe Leitln,
do hu i koan Gfoin,

mit söchane Gstoitn,
de omdrei nix zoin.

1. Wirtin: *(Kommt näher)*
A Herberg mechts finden,
so spat in da Zeit,
mia hom gorkoa Bett frei
fi ärmliche Leit.

1. Wirt: *(Deutet auf die fünf Sterne an seinem Haus)*
In „mein" Haus steing Reiche
und Gödige o,
i hu a fünf Stean – Haus,
es sechts es jo, do!

1. Wirtin: *(Wird lautstark)*
Iaz schleichts enk, geht's weida,
es zwoa, sapralott,
und lassts ins iaz schlafn,
vaschwinds, owa flott!

(Knallt die Tür zu)

Maria: *(Klagt ihrem Mann)*
Mei Josef, wos is des,
wos is des froa Wöt?
Koa Platzl, koa Bett gibt's,
oi mechtn krot Göd!

Josef: *(Antwortet)*
Maria, des is so
auf insara Ean,
a jeda mecht reich
und ugsechn wean.

(Sie gehen zum nächsten Gasthaus und klopfen an)

2. Wirt: *(Macht die Tür einen Spalt auf)*
Wos rumpet denn heit nu,
wea kimmt denn so spat,
ois ob um de Zeit nu
wea uklopfn tat?

Maria: *(Tritt vor den Wirt hin)*
Mia tatn enk bittn
um a Bett und a Doch,
mia kemman weit hea,
und de Roas wor a Tschoch.

Josef: *(Kommt hinzu)*
Vo Nazareth aufa
sen mia aufn Weg,
mia suachn a Herberg,
krot oafoch a G'leg.

Maria: *(Bittet)*
Es brauchat so nowe
und hearisch net sei,
mia kinan net zoin,
hom koan Kreiza, koan Schei.

2. Wirt: *(Aufgebracht)*
A söchane Bande
passt net in mei Haus,
i suach ma de Gäst scho
noch Guatdunkn aus.

2. Wirtin: *(Kommt hinzu)*
Na dia Vagabundn,
dia nemman mia net,
koa Göd in da Taschn,
na, war mia des z'bled.
(Schließt mit lautem Knall die Türe zu)

Maria: *(Sagt zu Josef)*
De Leit sen so geizig,
hom Heaschzn aus Stoa,
koa Mensch mog ins nemma,
de Tür ins auftoa.

(Die beiden gehen zum nächsten Gasthaus und klopfen wiederum an, und der Wirt macht auf)

Maria: *(Flehend)*
Mia sen scho weit gonga,
vo Nazareth hea,
sen miad und gonz fertig,
hobts koa Liegastott mea?

3. Wirt: *(Empört)*
Jo seids denn ös narrisch,
i bi koa Spitoi,
na söchane Gäst
nimm i auf koan Foi.

3. Wirtin: *(Stürzt aus dem Haus)*
Ös seids ma de Krechtn,
kemmts oafoch dahea,
wos is, wenns glei losgeht,
donn hu i des Gschea!

3. Wirt: *(Schimpft)*
Bei ins is koa Plotz net,
geht's weida, geht's zua,
toats ins net belästing
und lassts ins in Rua.

(Wirt und Wirtin knallen die Türe zu)

Maria: *(Sagt zu Josef)*
laz gemma zum Vetta,
i woaß ma koan Rat,
i hoff nur, dass dea nu,
a Bett fi ins hat.

(Maria und Josef gehen weiter bis zum Haus des Vetters und klopfen an)

Vetter: *(Schaut vor die Tür, die Base kommt hinzu)*
Wos is des froa Lärm heit,
wos für a Radau,
do sen jo zwoa Leitln,
a Monn und a Frau.

Maria: *(Sagt zum Vetter)*
Jo richtig host gsechn,
so spat kemman mia,
du bist insa Vetta,
gib du ins Quartia!

Josef: *(Flehend)*
Lass ins übanochtn
und lass ins zwoa ei,
mia tatn recht donkbor
und anspruchslos sei.

Vetter: *(Resigniert)*
Jo Josef, mei Neffe,
wia stöst da des vi,
mei Haus is gsteckt voi
hu koan Plotz mea fi di.

Base: *(Mit erbarmendem Blick)*
No muass i enk zwoa hoit
im Stoi eiquartian,

gehts weida, I wea enk
zur Krippn hifian.

Maria: *(Dankbar)*
Vagöts Gott mei Basä,
mei bin i iaz froh,
i leg mi glei nieda
im Hei und im Stroh.

(Maria und Josef gehen mit der Base in den Stall und schließen die Türe zu)

Sprecher: *(Kommt auf die Bühne
und trägt folgenden Text vor)*

So sen hoit de Menschn
wia friara, a heit,
hom koa Heaschz fi de Arma
und sechn koa Leid.

Hom Stean aufn Auto
und Stean aufn Haus,
sie raffn des Göd zom
und lassn nix aus.

Stott dass sie sich richtn
noch Bethlehems Stean,
damit sie gonz herzlich
und friedfertig wean.

Es kunnt jo so sche sei
auf insara Wöt,
war an Menschn da „Mensch"
so wichtig wia 's Göd!

(Es wird dunkel und der Sprecher geht ab)

Krippenspiel in Tiroler Mundart

Personen: Hans • Lippä • Sepp • Hias • Naz
Engel • Maria • Josef
(Dieses Spiel wurde am Heiligen Abend 1998 in der Sendung Licht ins Dunkel im ORF Tirol ausgestrahlt.)

(Heller Schweifstern im Hintergrund, Maria und Josef und das Kind in der Krippe sind noch nicht beleuchtet. Im Vordergrund links, die zwei schlafenden Hirten Hans und Lippä. Im Vordergrund rechts die drei schlafenden Hirten Sepp, Hias und Naz. Sie sind in Felle und Decken gewickelt.)

Hans: *(Räkelt sich und sieht den Stern.)*
He Lippä, siechst du a des Liacht,
des gonz an longa Schwoaf nochziacht?

Lippä: *(Ganz verträumt.)*
Lass mi decht schlafn, dumma Hans,
a Liacht is hö und hot koan Schwanz.
Hast woi schlecht tramb, loss mi in Rua,
i deck mi wieda gonz fest zua.

*(Lippä schläft weiter und schnarcht.
Hans geht zu den anderen drei Hirten hinüber.)*

Hans: He Sepp, geh weida, steh decht auf,
i siech an Stean, dea leicht höauf,
und blendn tuat a wia net gscheit,
ois is so fremd und bsuna heit!

Sepp: *(Richtet sich auf, reibt sich die Augen und ist geblendet.)*
Jo tatsoch Hans, do stimmb was net,
dea Stean gonz weit haruntn steht.

Hias: *(Wird vom lauten Gerede wach.)*
Machts koan Radau ös zwoa,
ös seids jo do net gonz alloa.

Naz: *(Murmelt halbwach.)*
Dia Bazi traman wieda auf,
i drah mi um, do pfeif i drauf.

Lippä: *(Wacht jetzt auf und nörgelt.)*
Was is denn iaz scho wieda,
seid's stad und legt's enk nieda.

Engel: *(Taucht aus dem Hintergrund auf und spricht zu den Hirten.)*
Wacht's auf ös Hiatasleit,
da Messias is geborn heit!
Zu enk Hirtn vom Föd,
kimmb da Heilond da Wöt.
Ea kimmb ois kloans Kindl,
und liegt in da Windl,
im Stoi aufm Hei,
Ochs und Esl dabei.
Toat's weida, toat's schnö,
da Stean leicht enk hö.
Ös Hirtn kemmt's gschwind,
zum himmlischn Kind!

Sepp: *(Hellwach)*
Mei Lebtog hot's in Bethlehem,
koan Schwoafstean und koa Wunda gem.
Und iaz derf i des nu dalem,
kunnt's denn wos Schenas gem?

Hias: Iaz gemma glei zum Kindl hi,
und betn's u, wia kimmb enk fi?

Naz: A Weisat miass ma a mitnemma,
mia kinan doch net laara kemma.

Hans: Was kunnt ma eam denn schenkn,
was war denn guat, toat's denkn?

Lippä: A Goaßmüch und a Buttaschmoiz,
a Panzä nu mit Möh und Soiz.

Sepp: Jo des is gscheit, des richt ma zom,
damit ma a guats Weisat hom.

Hias: I nimm a Lampäfell nu mit,
fis Kindl ruit's mi nit.

Naz: Und i a Stickä Brot,
und a paar Oar fid' ärgste Not.

Hans: Toat's weida, gemma schnö,
dea Stean is übam Stoi so hö.

Lippä: Dea zoag ins durch de Nocht an Weg,
gemma ummi üban Steg.

Sepp: Mia brauchn krot dem Liacht nochrenna,
' s schaut aus, ois tat ois höauf brenna.

Hias: Des is koa gwöhnlicha Stean,
des is a Zeichn vo insam Hean.

*(Jetzt werden Maria und Josef und das Kind
in der Krippe hell angestrahlt.)*

Naz: Iaz semma gonz glei do,
i siech de Krippn scho!

(Hirten kommen nacheinander in den Stall, knien vor dem Kind nieder und bringen ihre Geschenke dar.)

Hans: I knia mi glei zum Kindl hi,
weil i voi Freid gonz narrisch bi.
I bring vom Brot dia krot an Scheaschz,
oba i leg dazua mei Heaschz!

Lippä: I bring a Goaßmüch und a Schmoiz,
fis Pappä a nu Möh und Soiz.

Sepp: I hu aus Hoiz a Gspüh,
a Kloanigkeit, net vü.

Hias: I bring a Lampäfell gonz lind und fei,
do ku di d' Muatta wicken ei.

Naz: De Oar vo meine Henna sen nu wichtig,
dass'd wochsn kust recht tichtig.

Hans: I dank da, dass'd iaz kemma bist,
des Wartn wor net ummasist.

Lippä: Du bringst an Friedn auf de Ean,
dass ma froh und glücklich wean.

Sepp: Des Liacht in insam Heaschz tiafdrinn,
des fiascht ins zu dein Friedn hin.

Hias: Du bringst ins des Heil auf de Ean,
dass ma oi deine Kinda wean.

Naz: *(Streckt beide Arme zum Himmel)*
O du selige, heilige Nocht,
du host den Erlösa ins brocht.
(Es wird dunkel, alle gehen ab.)

De Weihnachtsfreid

De Weihnachtsfreid
söd di begleitn,
des gonze Johr dia
Glück bereitn.

De Weihnachtsfreid
söd di durchdringa,
und oi Tog gonz vü
Guatsei bringa.

De Weihnachtsfreid
sei dia beschiedn,
da Frohsinn und
da inn're Friedn.

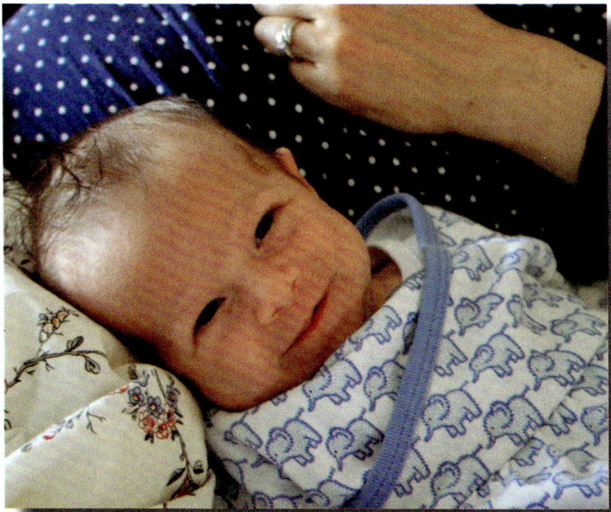

Des söd dia des Christkindl bringa

An Gruaß und a Wort,
a liabs, des di gfreit,
Menschn, de dia 's Guate
vagunnan gonz ohne Neid.

Dass eppa do is,
wenns dia net guat geht,
dea di wieda aufricht
und hinta dia steht.

A Hüf und an Trost,
bist oamoi vazogt,
dass eppas nu gibt
des wos di trogt.

Dass noch Woikn und Sturm
dia de Sunn wieda locht,
dass eppas nu gibt,
des glücklich di mocht.

So wia de Hirtn

Wach ma auf ausn Tram
und los ma ins u,
wos de Botschaft vo d' Engl
ins heit nu song ku.

Mach mas so wia de Hirtn
und lass ma ins fian,
dass ma hi zum Erlösa
an Weg net valian.

Gemma grodaus an Stean noch,
donn kemma ma hi,
zum Kind in da Krippn,
mia oi, du und i.

Knian ma nieda vorm Kindl
und bet mas oi u,
dass da Seng vom Erlösa
üba ins kemma ku.

Fi de Mama

A Zeichnung braucht
vü Mia und Zeit,
de mocht da Mama
gonz vü Freid.

Mit kloane Handln
fabriziert,
mit Stean und Herzal
reich vaziert,

mit Liab vaschenkt
in Donkborkeit,
bereitet echte
Weihnachtsfreid.

Da Weihnachtssegn

Ea söd di begleitn
in Freid und in Leid,
rund um de Uhr,
zu jeglicha Zeit.

Ea söd di begleitn
bei Tog und bei Nocht,
und dass di a Engl
oizeit bewocht.

Ea söd di begleitn
durch oi deine Stundn,
ea söd oi dei Strebn,
und Wirkn umrundn.

Ea söd di begleitn
durch dei gonzes Lebn,
ea söd da vü Guats
und vü Wertigkeit gebn.

Um Weihnacht und Advent

Iaz is hoit scho a bsunnre Zeit
um Weihnacht und Advent,
wenn aufn frischn Tonnakronz
des easchte Liachtl brennt.

Da Herbst is scho vagonga
de warme Zeit vorbei,
vorbei ois Wochsn, Blian,
und längst da schene Mai.

A weiße Deck lieg iwan Lond
wia Zugga aus Glosur,
da Rauhreif lieg auf Bam und Strauch,
spat zoag de Johresuhr.

Da Winta voia Schnee und Eis
hot wieda Einzug ghoitn,
de Flockn tonzn in da Nocht,
scho ziachn Klöpfegstoitn.

Gedonkn zum Weihnachtsfriedn

An Friedn zu finden,
des is oft net leicht,
vo Fehlan und Unfried
is koana geeicht.

Fong ma im Kloanen,
im engstn Kroas u,
weil so nur da Friedn
erhoitn bleim ku.

In insan kloan Umkreis,
im täglichn Lem,
söds oi Tog a friedliches
Mitanond gem.

Mia brauchn koan Zwiespoit,
koa Ausgrenzung net,
koa bösartigs Denkn,
koa feindschaftlichs Gred.

Lass ma des Urteiln,
de Schlechtmocharei,
semma vo jegliche
Foischheitn frei.

Koana is bessa
und koana is mea,
lass ma doch jedn
sei Achtung und Ea.

Koana vo ins
is durchaus perfekt,
weil in jedn wos Guats
und wos Fehlahafts steckt.

Semma doch oisond
zum Friedn bereit,
vameid ma oin Zwist,
oin unnöting Streit.

Schliass ma an Friedn,
mia oi, du und i,
donn weascht de Wöt hella
auf Weihnachtn hi.

Weihnachtszeit

Ruhig wean,
an Friedn gspian
und des Heaschz
zur Krippn fian.

Liab im Handln,
Liab im Denkn,
Liab im Heaschzn,
Liab beim Schenkn.

Zur Versöhnung
stets bereit,
hoffnungsvolle
Weihnachtszeit.

Gehn ma gemeinsam
dem Wunda entgegn,
deas in Händn hoit,
woaß umman Segn.

Vier Liachtln am Kronz

Des easchte Liacht, des brennt fürn Friedn,
weil doch da Streit nia ruaht,
dass Menschn auf da gonzn Wöt,
sich woigsinnt sen und guat.

Des zwoate Liachtl brennt fürd Hoffnung,
geng Angst und Herznsnot,
wenn Vazogtheit insan Glam,
fast zu erschüttan droht.

Des dritte Liachtl leicht für Menschn,
de arm und hüflos send,
dass ois wos sie bedrückt hot,
sich iaz zum Guatn wendt.

Des vierte Liachtl brennt fürd Liab,
des Wichtigste im Lebn,
weil ohne Liab und Guatsei
kus a koa Freid net gebn.

De Liachta södn brenna,
geng Traurigkeit und Not,
dass Dunkeheit und Sorge
im Heaschz koan Plotz mea hot.

Weihnachtn hoaßt

Stad wean, in di
eichilosn,

Guats toa und oin
Neid vablosn,

Friedn schliaßn,
Freid vakündn,

Hoffnung hom,
a Liacht uzündn.

A Liachtl söd brenna ...

A Liachtl söd brenna
fi einsame Leit,
dass Geborgnheit finden,
an Friedn und d' Freid.

A Liachtl söd brenna
fid' Kronkn und Oitn,
dass in da Vazogtheit
an Muat nu behoitn.

A Liachtl söd brenna
fid' Leit de regian,
dass umsichtig sen
und d' Vanunft net valian.

A Liachtl söd brenna
fi oi auf da Wöt,
dass ningascht de Liab
und Gerechtigkeit föht.

Stean vo Bethlehem

Kunnts net a heit an Stean nu geb'n,
dea ins de Richtung zoag im Leb'n?
No wissat ma hoit gwiss,
ob ma auf da richting Streckn is.

Oft stehn ma in a Kreizung drin
und wissen net, wo geht's iaz hin?
Kunnt net dea Stean ins heit nu fian,
dass ma des Wegä net valian?

Oft is triab und dunke,
ma siecht koa Liacht, koa Gfunke.
Ma irrt boid hin und irrt boid hea
und findt fast gorkoan Ausweg mea.

Stean vo Bethlehem,
kust ins net du de Richtung gem?
Fia ins auf den rechtn Weg,
trog ins iwa Bruggn, iwa Steg!

Leicht hell ins an Weg aus
und zoag ins des Zü,
foische Wegweisa gibt's
in da heiting Zeit vü!

Stille Nocht

Stille Nocht,
des bsinnliche Liad,
erfreit insa Herz
hellt auf insa Gmiat.

Stille Nocht,
dea herrliche Gsong,
begleit ins zur Weihnacht
a Lebn long.

Stille Nocht,
des oafoche Liad,
geht wia a Gebet
rundum insa Wöt.

De Weihnachtskrippn

Jeds Johr um de Weihnachtszeit,
do is hoit wiedarum soweit,
dass ma ’s Krippä aufbaun soid,
und d’ Schochtln ausn Kella hoit.

A insa Oma woit hoit wieda,
de schene Krippn, oit und bieda.
So frog sie d’ Enkekinda, eana zwoa:
„Kunnts es des fi mi heia toa?“

Jo freilich Oma, toama gean,
mia baun da ’s Krippä zompn Stean.
De Oma geht dawei spozian
und losst de Kinda frei agian.

Sie pockn de groß Schochtl aus,
min oitn Zoig, des wor a Graus.
Des wor a Durchanond, jo mei,
do worn Schafihaxn drei,

obrochne Schwänz und Köpf,
Ohrwaschl und Eslzöpf.
A brochna Stean und oite Taxn,
vom Ox a Heandl und zwoa Haxn.

Josef und Maria worn nu guat,
krot an Josef föht da Huat.
’s Jesukindl lieg im Stroh,
is a nu gonz, do sen sie froh.

Ox und Esl und de Schafe,
sen kaputt und krot mea Graffe.
Da Josef is nu durchn Tüff dakemma,
den ku ma heia nuamoi nemma.

Mit Steckn und Latean, so derf a geh,
so ku a heia nuamoi zuichisteh.
Owa d' Viecha toan oi nimma,
do hoin sie d' Spühzeigkistn ausn Zimma.

De kimmb an Hansi iaz an Sinn,
do sen an Haufn Viecha drin.
Krokodü und Riesnschlonga,
Giraffn, mit de Hois, de longa,

Rössa, Vögl und a Fux,
Schneggn, Igl und a Lux,
Henna, Fisch und Kia,
zwoa Antn und a Stia,

nette Fackä, kuglrund,
a Goaßä und a schworza Hund,
a Noshorn und a Gogglhuh,
a Seepferd und a Känguruh,

Chimpansn, Dinosauria,
a Tiga und drei Löbn a,
zwoa Hasn und a Bea,
gehn in dea Spühzeigkistn hea.

Dia Viecha stön sie oi zum Kindl,
dem kloanen Haschal in da Windl.
Zwoa Geia und drei Elefontn
sen a im Krippä inna gstondn.

Iaz kimmb d' Oma, schreit „o mei,"
söd des a Weihnachtskrippn sei?
„Jo, jo", song d' Enkä gonz begeistascht,
gemeinsom hommas iazat gmeistascht.

Dia Viecha hot oi Gott daschaffn,
vom Sauria bis zu de Affn.
Drum derfns a beim Krippä steh,
amoi wos Onas, is doch sche!

Schenk ins dei Liacht

Schenk ins dei Liacht,
den friedlichn Schei,
und lass ins damit
gonz segnsreich sei.

Schick ins dort hi,
wos notwendig is,
wo Dunkeheit herrscht,
do brauchns es gwiss.

Bring ins dei Liacht,
und fia ins ans Züh,
gib ins des guate,
des warmherzig Gfüh.

Lass ins dei Liacht
in d' Wöt aussi trong,
dass de Botschoft vo Weihnacht
de Leit oi dafrong.

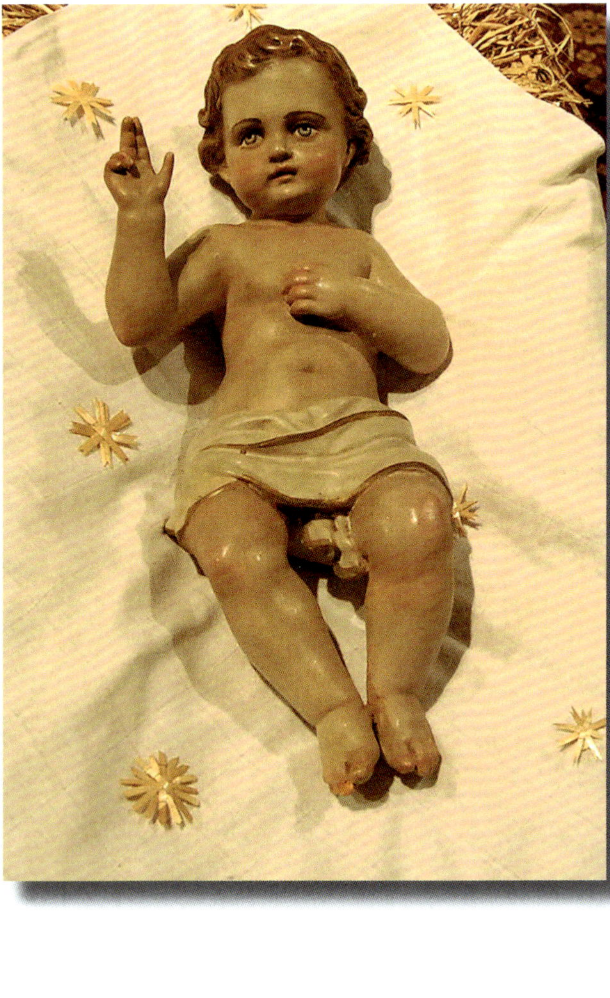

Liabs Kind in da Krippn

Zu dia bring ma hi,
ois wos ma net ku,
ois wos ins plogt
und am Heaschzn liegt u.

Zu dia trog ma hi,
insre Sorgn, insa Leid,
und a ois Schene
und gorjede Freid.

Liabs Kind in da Krippn,
dia ku ma vatraun,
auf dei Hüf und dein Segn,
auf dein Schutz ku ma baun.

I schenk da an Stean

I schenk da an Stean
dea di oiwei fiascht,
damit du des Zü
und an Weg net valiascht.

I schenk da an Engl
dea di oim begleit,
dea di oim beschützt
und fiascht durch de Zeit.

Gspirst du den Segn?

Heast du den Ruaf
inmittn da Nocht?
A Englsgesang
hot de Botschoft dia brocht.

Siechst du den Stean
inmittn da Nocht?
Ea leicht a für di,
host du scho dru docht?

Begreifst du des Wunda
inmittn da Nocht?
De Liab vo dem Kindl
hot a di reich bedocht.

Gspirst du den Segn
von da heilign Nocht,
den da Heilond da Wöt
fi ins Menschn hot brocht?

Weihnachtsbäckerei

Mandln röstn,
Nussn reim,
Toag zomknetn,
ochatreim.

Stean ausstechn,
Bussal mochn,
Toag ausradln,
Keksl bochn.

Linzaaung,
Vanillekipfal,
Lebzötherzn,
Poistazipfal,

Mandlschnittn,
Früchtestolln,
Kokoskugln,
Honigrolln,

Witwenküsse,
Anisstean,
hom de meistn
narrisch gean.

Mei Weihnachtswunsch an enk

I wünsch enk fi de Weihnachtszeit
vü nette, feine Stundn,
i wünsch enk Friedn weit und breit,
und Freid, gonz tiaf empfundn.

A Zeit fi de Besinnung,
rasts enk vom Stress iaz aus,
vasetzts des Herz in Stimmung,
schöpfts gonz vü Kraft nu draus.

I wünsch enk heit vo Herzn nu,
dass a in triabn Zeitn,
da Seng vom Kindl mit enk is,
ea söd enk stets begleitn!

Wos ku des Kind ins heit nu song?

Wos ku des Kind ins heit nu song,
wo oi nur hastn, sausn, jong,
wo ois mit Technik mochbor scheint
und Intanet de gonze Wöt vereint?

Wo Maschinen ins de Arbeit mochn,
Computa gonze Firmen übawochn.
Wo ois auf Knopfdruck funktioniascht
und üba Satellitn kommuniziascht.

Wo mit Fax und Handy ma vanetzt is scho
und Wissnschaft den Mars und Mond erforschn ku.
Des is ois guat und recht,
da Fortschritt is durchaus net schlecht.

Doch zu koana Zeit,
worn so alloa de Leit.
Trotz Handy, Fax und Intanet,
des Mitanonda ins valorngeht.

Wos ku des Kind ins heit nu song,
wo oi nur hastn, sausn jong?
Vagessts trotz Stress und Gschäftigkeit
net auf de Naxtnliab und Menschlichkeit.

Weihnachtn gspian

Weihnachtsfriedn
in de Herzn,
Weihnachtsfreid
im Schei da Kerzn.

Weihnachtsliada
auf de Lippn,
fürs Jesukindl
in da Krippn.

Liachtaglonz
in jedn Haus,
donn löschn stad
de Kerzn aus.

Flockn tonzn
um d' Latean,
da Friednstram
steigt zu de Stean.

Gedichte
in
Schriftsprache

Fröhliche Weihnacht

Fröhliche Weihnacht
wünsch ich dir,
freu dich am Leben
jetzt und hier.

Genieß die Ruhe
in der Zeit,
mach für das Fest
der Liebe dich bereit.

Sei glücklich
und zufrieden,
die Weihnachtsfreud'
sei dir beschieden.

Stille Nacht, heilige Nacht!

Wärme strahlt in unsre Herzen
im Schein der hellen Christbaumkerzen.
Das Lied der stillen, heil'gen Nacht
hat uns seit zwei Jahrhunderten gebracht,

die Freude und die Zuversicht,
die Hoffnung und das wahre Licht.
Wir singen es aus voller Kehle,
es wärmt und stärkt uns in der Seele.

Das Lied erklingt in jedem Haus
auch wenn des Nachts die Mette aus,
erklingt es nochmals hoch vom Turm,
bei jedem Wetter, Schnee und Sturm.

Wir tragen dieses Lied im Herzen
so wie das Licht der Weihnachtskerzen.
Das Lied der stillen, heil'gen Nacht
hat Freude in die Welt gebracht.

Und Friede den Menschen auf Erden

Der Wunsch jedes Menschen seit ewiger Zeit,
ist ein Leben in Ruhe und Friedfertigkeit.
Friede ist nicht nur kein Kampf und kein Krieg,
kein Schlachten, kein Morden, kein sinnloser Sieg.

Konflikte zu lösen, ganz ohne Gewalt,
das ist eine Tugend für Jung und für Alt.
Wohlwollend wirken mit Herz und Verstand,
in der kleinsten Gemeinschaft, im Dorf und im Land.

Egal welche Schichten, egal welche Klassen,
welch Farbe der Menschen, welch andere Rassen.
Lasst Brücken uns bauen, wo Gräben noch sind,
weil da nur allein der Friede beginnt.

Lasst Hände uns reichen, wo Kränkung besteht,
lasst Wunden uns heilen, dass Kummer vergeht.
Zur Versöhnung ein Zeichen, wo Unrecht geschieht,
wo Ausgrenzung herrscht und keiner es sieht.

Ein Veto einlegen für Schwache und Kleine,
dass keiner mehr leide, dass keiner mehr weine.
Verbinden wo sinnloser, endloser Streit,
helfen wo Tränen, wo Not und wo Leid.

Ein Werkzeug des Friedens, wo Hoffnung besteht,
wo Angst und Verzweiflung im Vordergrund steht.
Das Edle, das Große, das fängt ganz klein an,
so ist's auch beim Frieden, wo beginnt er und wann?

Daheim, in der Wohnung mit Partner und Kind,
da ist der Anfang wo Friede beginnt.
Mit Eltern, mit Nachbarn, im Umfeld daheim,
hier kann er wachsen vom Frieden der Keim.

Wenn jeder von uns ein Samenkorn streut,
vermehrt sich die Pflanze des Friedens erneut.
Mit Fairness und Gutwill, die Erde bepflanzen,
mit Liebe und Freundschaft, mit friedlichen Lanzen.

Das könnte gelingen, wenn jeder es tut,
dazu braucht es Menschen mit Kraft und mit Mut.
Wo Friedensbemühung die Fäden verspinnt,
wo Idealismus an Bedeutung gewinnt,

da ist das Gute dem Bösen voraus,
da schälen sich wertvolle Taten heraus,
da wachsen Ideen zu Großem heran,
damit man viel Gutes verwirklichen kann.

Ein Leben in Missgunst, in Eifersucht, Neid,
in Hass und Intrigen, in Abhängigkeit,
das darf es nicht geben, das darf es nicht sein,
das ist nicht der Weg um glücklich zu sein.

Das Pflänzchen des Friedens, das kann doch nur siegen,
wenn Liebe und Freundschaft allzeit überwiegen.
Der Traum unsrer Menschheit, er könnt sich erfüllen,
mit mehr Engagement, mit mehr gutem Willen.

Ein Sprichwort gefällt mir, das liegt mir im Sinn,
das führt uns wohl alle zur Friedlichkeit hin.
Was du niemals möchtest, das dir jemand tu,
das füge auch nicht einem Anderen zu.

Der Friedensgedanke, der wohnt tief in dir,
im Herz, in der Seele, im Jetzt und im Hier.
Drum trage ihn weiter, hinaus in die Welt,
mit Liebe und Freundschaft bepflanze dein Feld!

Advent, die stille Zeit ...

Wie wir die „stille“ Zeit im Jahr verbringen und gestalten, liegt größtenteils in unserer Verantwortung. Entscheiden wir uns für einen Advent der Stille, Ruhe, Einkehr und Besinnung, wird sich das auf unser Leben, unsere Familie und unser Umfeld positiv auswirken. Lassen wir uns nicht anstecken von der Hektik in diesen Tagen um uns herum, sondern besinnen wir uns nur auf das Wesentliche. Gestalten wir unsere Wohnräume gemütlich und schmücken wir unser Heim mit Tannenzweigen und Kerzen. Wenn dann noch der Duft von Weihrauch und selbstgebackenen Keksen durch das Haus zieht, wird es uns so richtig warm ums Herz und die Kindheitserinnerungen werden wieder in uns wach. Versammeln wir uns mit unseren Kindern und Enkelkindern gemeinsam rund um den Tisch, basteln wir Sterne, erzählen wir Geschichten, zünden wir am Adventkranz die Kerzen an und singen wir die alten Weihnachtslieder, dann leuchten nicht nur die Kinderaugen, sondern auch wir empfinden diese Stunden der Gemeinsamkeit sehr wohltuend. Pflegen wir die althergebrachten Bräuche des Anklöpfelns, der Adventlesungen mit Musik und Gesang und des miteinander Feierns in der Kirche. Das füreinander und miteinander Zeit haben ist eigentlich das Wichtigste in unserem Leben. Ich wünsche allen Leserinnen und Lesern von Herzen, dass sie die nötige Zeit und Liebe finden mögen, um mit ihren Angehörigen einen harmonischen, sinnerfüllten Advent und ein friedvolles Weihnachtsfest im Kreise der Familie zu verbringen.

Weihnachten in den 50er Jahren

Alle Jahre wieder um die Weihnachtszeit werden in uns Erwachsenen Kindheitserinnerungen wach. Ich denke gern an die Zeit zurück, wie wir Mädchen im Advent ganz aufgeregt an das Christkind Briefe geschrieben und sie dann in die Winterfenster gesteckt haben. Schon am nächsten Morgen waren sie wie durch ein Wunder verschwunden. Tatsächlich hatte das Christkind sie geholt. Für mich unerklärlich war gleichzeitig auch meine alte Puppe nicht mehr auffindbar.
Das schönste Erlebnis für mich war wohl, als ich mit meinem Vater in unseren tiefverschneiten Wald stapfen durfte, um einen Christbaum zu suchen. Mein Vater erzählte mir, dass das Christkind jetzt so viel Arbeit habe, und weil wir ja einen eigenen Wald besitzen, können wir für das Christkind einen Baum holen, sodass es ihn nur mehr zu schmücken braucht.
Am Vortag des hl. Abend stellten wir den Baum auf den großen, runden Stubentisch, und ab diesem Zeitpunkt war die Türe verschlossen. Es wurde uns Kindern streng verboten, durch das Schlüsselloch zu schauen. Die Versuchung war sehr groß, aber die Angst, dass das Christkind dann nicht kommt, wie uns gesagt wurde, war noch viel größer.
Was mir auch noch sehr gut in Erinnerung geblieben ist, sind die drei Rosenkränze, die wir auf dem Holzboden knieend vor der Bescherung beten mussten. Meine Gedanken schweiften schon um den Gabentisch, ich konnte es kaum erwarten, bis Vater endlich „Gelobt sei Jesus Christus in Ewigkeit Amen“ betete, denn dann erklang das schrille Weihnachtsglöckchen und wir Kinder durften in die Stube laufen.
Ganz verzaubert standen wir vor dem Christbaum, der in voller Pracht erstrahlte. Die Wunderkerzen ver-

sprühten winzige Sternchen und wir sangen gemeinsam das Lied „Stille Nacht, heilige Nacht".
Meine alte Puppe saß an Armen und Beinen repariert und mit neuem Kleid unter dem Christbaum. Auf dem Tisch stand für jedes Kind ein Keksteller, oben auf die kleinen Eisschokoladefiguren. Neben dem Teller lag jedes Jahr ein Rotblaustift. Mit diesem konnten wir in den Schulheften die Überschrift doppelt, eben rot und blau mit demselben Stift unterstreichen. Das war schon eine Errungenschaft!
Auch ein Säckchen Kastanien und gar „Welsche Nussn" waren unter dem Christbaum. Wir konnten uns über jede Kleinigkeit ganz riesig freuen!

Love

Sternentanz

Lass die Sterne tanzen,
gib mir deine Hand,
dann ziehen wir gemeinsam
ins helle Sternenland.

Lass die Sterne tanzen,
sie glitzern ja so schön,
ihr unendlich weites Lichtermeer
soll niemals mehr vergehn.

Lass die Sterne tanzen,
erfreue dich daran,
weil ihr goldner Lichterschein
dich glücklich machen kann.

Das Lied „Stille Nacht!“

Das Lied „Stille Nacht“
hat Freude gebracht,
es klingt überall
mit fröhlichem Schall.

Das Lied „Stille Nacht“
hat Frieden gebracht,
es geht um die Welt,
in die wir gestellt.

Das Lied „Stille Nacht“
hat Hoffnung gebracht,
es eint uns auf Erden,
lässt glücklich uns werden.

Advent ist die Zeit

Text: Kathi Kitzbichler
Musik: Franz Hammer 2002

Ein Duft zieht durch das Haus

Die Mutter
bäckt die Kekse aus,
ein Duft zieht
durch das ganze Haus.

Ein Duft nach Anis,
Nelken, Zimt.
Ein Duft , der uns
aufs Fest einstimmt.

Ein Duft,
den wir im Herzen tragen,
ein Glücksmoment
aus Kindertagen!

Tannenzweige

Ein Kranz aus
Tannenzweigen steht am Tisch,
er duftet harzig,
fein und frisch.

Verbreitet Stimmung
in der Zeit,
das Weihnachtsfest
ist nicht mehr weit.

Es ist so schön
wenn im Advent
am Tannenkranz
ein Lichtlein brennt.

Weihrauchduft

Weihrauchduft
liegt in der Luft.
Er kündet uns die Zeit
voll Friede und Besinnlichkeit.

Weihrauchduft
liegt in der Luft.
Er zieht durch alle Räume,
erweckt uns Kindheitsträume.

Weihrauchduft
liegt in der Luft,
wenn das Kindlein aus der Krippe lacht,
in der sel'gen, heil'gen Mettennacht.

Gloria in Excelsis Deo!

Dort in der Krippe

Dort in der Krippe
da weht der Wind,
da betet Maria
und wiegt ihr Kind.

Sie webt aus Liebe
ein güldenes Band,
sie legt um das Kind
ihre schützende Hand.

Bethlehems Hirten
folgen dem Stern,
sie haben erkannt
im Knäblein den Herrn.

Kommt mit zu dem Kindlein
und betet es an,
so wie es die Hirten
vom Felde getan.

Geht hin zu der Krippe,
wo weidet das Vieh,
bringt mit eure Gaben
und beugt eure Knie.

Dort in der Krippe
da weht der Wind,
da betet Maria
und wiegt ihr Kind.

Weihnachten, du stille Zeit!

Weihnachten, du stille Zeit,
nimm von uns die Traurigkeit.
Lass vergessen alle Sorgen,
alles Bangen um das Morgen.

Weihnachten, du stille Zeit,
gib uns mehr Gelassenheit.
Lass dem Alltag uns entfliehn,
und Ruhe in die Herzen ziehn.

Weihnachten, du stille Zeit,
gib uns doch Zufriedenheit.
Lern uns teilen und auch geben,
für Menschen, die in Armut leben.

Weihnachten, du stille Zeit,
schenk uns die Geborgenheit.
Gib Hoffnung unsern Tagen,
lass uns im Leben nicht versagen.

Weihnachten, du stille Zeit,
nimm von uns den Hass und Neid.
Lass uns gut und freundlich werden,
dass Friede einzieht hier auf Erden.

Weihnachten, du stille Zeit,
schenk uns mehr Gemeinsamkeit.
Mach unsre Herzen warm und weit,
in dieser oft so kalten Zeit!

Selige Nacht

Alles wird so still
in dieser heil'gen Nacht.
Es scheint, ein Kind im Stall
hat dieses Wunder uns vollbracht.

Ein Licht, ein warmes Leuchten,
die Erde uns erhellt.
Der Heiland ist gekommen,
der Erlöser dieser Welt.

Alles jubelt, alles singt,
Gott hat uns das Heil gebracht,
wir freuen und beschenken uns
in dieser sel'gen Nacht.

Das Wunder der Weihnacht

Das Wunder der Weihnacht,
das heilige Licht,
es ist wie ein Zeichen,
das Hoffnung verspricht.

Es ist wie ein Zauber,
der leise sich schenkt,
und wundersam Freude
in Herzen versenkt.

Es ist wie ein Leuchten,
ein sichtbarer Segen,
der sicher dich führt
auf all deinen Wegen.

Bewahr dir die Weihnacht
als Freude im Leben,
denn einzig dafür
ist sie uns gegeben.

Der Segen vom Christkind

Was zeigt uns das Kind
auf Heu und auf Stroh?
Warum macht das Wunder
vom Kind uns so froh?

Es geht so viel Kraft aus
von Jesus im Stall,
sie strahlt übern Erdball
und wärmt überall.

Der Segen vom Christkind
tut Menschen so gut,
er schenkt uns die Hoffnung
und macht uns viel Mut.

Der Stern soll dich führen

Der Stern soll dich führen,
er soll dich begleiten,
bei Tag und bei Nacht
und durch alle Zeiten.

Er soll dir stets leuchten
wenn Sorgen dich plagen,
an trüben und dunklen
und leidvollen Tagen.

Der Stern soll dir weisen
den richtigen Weg,
er führe dich schadlos
über Brücken und Steg.

Der Stern sei dir allzeit
getreu an der Seite,
er sei dir zum Segen
sei dir zum Geleite.

Gloria

Gebet

Gottes Macht
soll uns erhalten,
Gottes Liebe
uns entfalten.

Gottes Geist
soll uns durchdringen,
Gottes Wort
uns Hoffnung bringen.

Gottes Hand
soll uns begleiten,
sie soll uns tragen
durch die Zeiten.

Heilige Nacht

Heilige Nacht,
kommst leise auf die Welt,
die Glocken hell erklingen,
ein Stern erhellt die Nacht.

Heilige Nacht,
kehrst in die Stuben ein,
bringst Freude uns und Frieden,
lässt uns zufrieden sein.

Heilige Nacht,
der vielen, hellen Kerzen,
bring Hoffnung in die Welt
und öffne uns die Herzen.

Ein Jahr

Ein Jahr geht nun zu Ende,
ein neues schaut herein,
wir wollen frohgemut
und zuversichtlich sein.

Ein Jahr beginnt aufs Neue,
mit schönen Augenblicken,
die uns erfreuen werden
und oft ganz still beglücken.

Wie immer hat ein Jahr
viel Schönes und viel Gutes,
erwarten wir die neue Zeit
und sind wir frohen Mutes.

Wir alle wollen hoffnungsfroh
und gern nach vorne blicken,
und unsre guten Wünsche
gemeinsam in die Zukunft schicken.

Gute Wünsche fürs neue Jahr!

Das neue Jahr
soll dir gelingen
und viele schöne
Stunden bringen.

Das neue Jahr
sei eine Reise,
erfolgreich und
in frohem Kreise.

Das Glück soll dein
Begleiter sein,
auf deinem Weg,
tagaus, tagein!

Die Autorin

Kathi Kitzbichler, geb. Sieberer, kam am 15. Oktober 1949 als jüngstes von sechs Kindern einer Kleinbauernfamilie in Vorderthiersee zur Welt.
Schon seit frühester Kindheit sind ihr die musischen Fächer ans Herz gewachsen. Musik, Malerei und Modellieren, vor allem aber das Schreiben von Gedichten sind für die seit 46 Jahren in Erl verheiratete Autorin und Mutter zweier Kinder und dreier Enkelkinder die schönsten Dinge im Leben.
Zahlreiche Gedichte von Kathi Kitzbichler wurden in Büchern, Zeitungen, Anthologien, Zeitschriften, im Tiroler Bauernkalender, im Reimmichlkalender und im St. Kassiankalender veröffentlicht. Viele Jahre verfasste die Autorin die Kolumne „Was mich bewegt“ für die Österreichische Bauernzeitung.
Drei Sendungen „A Stübele voll Sonnenschein“ im ORF Tirol, die Aufnahme von zahlreichen Gedichten im RAI Bozen für die Sendereihe „Tirol is lei oans“ und Lesungen in Nord – Ost – und Südtirol folgten. Im Tirol TV hat sie schon mehrere Sendungen mitgestaltet.
Sagen aus Erl sind unter: www.sagen.at abrufbar.
Etliche Gedichte von Kathi Kitzbichler wurden vertont.
1996 gewann die Autorin den ersten Preis beim ORF Vierzeilerwettbewerb zum Thema „Für die Zukunft sorgen – entsorgen“.
1997 erschien im Verlag Edition Tirol ihr erstes Buch „Mittn im Leb'n“.
1998 wurde ihr „Krippenspiel in Tiroler Mundart“im ORF Radio Tirol als Hörspiel gesendet.
1999 erschien im Verlag Edition Tirol ihr zweites Buch „I schenk dia de Sunn“, das mit einer Auflage von 1000 Stück nach drei Monaten ausverkauft war.
2000 erschien im Verlag Edition Tirol ihr erstes Buch in Hochsprache. Der dritte Lyrikband „Gedichte fein zum Strauß gebunden“. Auch dieser Band ist längst vergriffen.

2002 erschien im Verlag Edition Tirol ihr vierter Gedichtband „Weil i di mog“, welcher wiederum bei einer Auflage von 1000 Exemplaren nach kurzer Zeit vergriffen war.
2004 erschien im Verlag Edition Tirol ihr fünfter Gedichtband „Danke“.
2007 folgte ebenfalls im Verlag Edition Tirol ihr sechster Gedichtband „I wünsch da ois Guate“.
2010 erschien im Verlag Edition Tirol ihr siebter Gedichtband „Du bist mei Sunnschei.
2012 erschien im Verlag Edition Tirol ihr achter Gedichtband „I wünsch da vü Glück“.
2014 erschien im Verlag Edition Tirol ihr neunter Gedichtband „I wünsch da vü Freid,“.
2016 erschien im Verlag Edition Tirol ihr zehnter Gedichtband „Um Weihnacht und Advent,“ mittlerweile sind all diese Gedichtbände vergriffen.
Im Sommer 2018 erschien im Verlag Edition Tirol das Buch „Mia drahn de Zeit zrugg“, das von Heidi Gandler mit Ölbildern illustriert wurde.
2018 im Oktober erschien im Verlag Edition Tirol das Buch „Sei glücklich.“
Auch vier CDs sind in all den Jahren entstanden, die mit heiteren und lustigen Gedichten von Kathi Kitzbichler aufgenommen wurden.
2012 „Wos da Inn so ois dazöht“ in der Anthologie „Tiroler Identitäten“ Kyrene Verlag.
2013 wurde ein Text von Kathi Kitzbichler von Franz Posch vertont und im Festspielhaus in Erl bei der „Liabstn Weis“ vom Publikum und allen Mitwirkenden gesungen.
Ihr Texte wurden Jahr für Jahr von der Nationalbibliothek des deutschsprachigen Gedichtes in „Ausgewählte Werke “ aufgenommen. Aufnahme all ihrer Gedichte in die „Frankfurter Bibliothek“ von der Brentanogesellschaft - Goethe Akademie - Deutschland. Texte in der Anthologie „Vordergründig –hintergründig – abgründig. 2006 gewann Kathi Kitzbichler mit ihrem Gedicht „Das Handyzeitalter“ den

1. Preis beim Kreativwettbewerb der Telekom Austria und Seniorkom.
2008 gewann die Autorin den 1. Preis beim Geschichtenwettbewerb zum Thema „Wald“ und durfte im Marmorsaal des Lebensministeriums in Wien von Minister Josef Pröll den Preis entgegennehmen. Ihr Herbergsspiel und auch ihr Krippenspiel wurde landauf, landab in vielen Schulen und Kirchen aufgeführt. Die Autorin liest im Rahmen der Kulturservicestelle Tirol seit Jahren erfolgreich in Schulen, ebenso bei Frauentreffs, beim kath. Bildungswerk, bei Advent- und Mariensingen in Kirchen, bei Seniorenfeiern, in Museen und bei Volksmusikveranstaltungen.

www.kathi-kitzbichler.net